www.tredition.de

AF217642

Ralf Frisch

In herzynischer Richtung

Die Geschichte eines Advents

www.tredition.de

© 2017 Ralf Frisch

Verlag: tredition GmbH, Hamburg

ISBN
Paperback: 978-3-7345-8672-9
Hardcover: 978-3-7345-8673-6

Printed in Germany

Für Lothar Frisch
zum 80. Geburtstag

Es zog ihn hinauf, seit er denken konnte. In der ältesten Erinnerung, die R. von sich selbst als Kind in sich trug, sah er sich in weltverdüsterndem Schneegestöber auf einem Felsenpfad zwischen den schütteren Fichten des Hohen Fichtelgebirges in die ausgebreiteten Arme des Vaters stürzen. Diese Weltverdüsterung vermochte sein Gemüt indes nie zu trüben. Im Gegenteil. Ihm konnte die Landschaft nicht düster genug sein. Je unerbittlicher der Schneefall und je fortschreitender die Dämmerung, desto wärmer wurde ihm ums Herz. Je mehr das Äußere, einschließlich seiner eigenen Rotznase, zu Eis erstarrte, desto erhebender war ihm in seinem Inneren zumute.

Warum war er so gerne dort oben? Warum erfüllte ihn die Höhe dieses unwirtlichen und für viele als Aufenthaltsort unbeträchtlichen Mittelgebirges in einer Tiefe, von der er sonst kaum wahrnahm, dass es sie gab? Sein Vater sagte gelegentlich lächelnd und augenzwinkernd und wahrscheinlich im Scherz, aber nicht ohne einen Anflug von Mystik und letztem Ernst: „Weil du von dorther bist." – „Das wird es sein", dachte R. dann immer. „Das wird es sein. Jeder Mensch hat einen Ort, an dem sein Herz höher schlägt und den er deshalb Heimat nennt. Die Gegend um den Schneeberg- und um den Nusshardtgipfel ist meine eigentliche Heimat, auch wenn ich nicht von dorther komme. Es verhält sich eben nun einmal so, dass meine ältesten Glückserinnerungen mit dieser Region verbunden sind und dass ich darum immer wieder dorthin zurück will. Nicht zuletzt deswegen", so dachte R., weil dieses karge Mittelgebirge der einzige ihm bekannte Ort war, an dem er in die Vergangenheit reisen konnte. Da sie seit langem schon unter Naturschutz stand, hatte sich diese Welt für ihn und für sich selbst seit den frühen siebziger Jahren des letzten Jahrhunderts nicht verändert. Weil er dort oben außer auf sich und jene wenigen, die ihn auf seinen Wanderungen begleiteten, kaum je auf Menschen traf, schien es ihm, als sei sein Herzynischer Wald, wie er ihn liebevoll nannte, vom menschlichen Werden und Vergehen ausgespart. Vielmehr war das Gegenteil der Fall, da R. selbst dort immer wieder zum Kind wurde, sich also gewissermaßen verjüngte. Auch vom Verfall der Kultur- und Industrielandschaft der umliegenden Gegend war das Fichtelgebirge unberührt. R. hatte gewissermaßen eine Zeitmaschine entdeckt und bestieg diese – in seiner Kindheit und Jugend mit dem Vater und später allein –, so oft er konnte. Nie enttäuschte ihn der Herzynische Wald. Nie nutzte die Fichtelgebirgserfahrung sich ab. Nie gelang es der sogenannten Realität, dorthin vorzudringen und seine Urlandschaft, die je länger je mehr auch zur Urlandschaft seines Inneren wurde, zu kontaminieren. Man sagt zwar, man könne nicht vor sich fliehen, weil man sich überallhin mitnehme, wohin man gehe. Für die Gänge ins Hohe Fichtelgebirge traf dies aus der Sicht von R. jedoch entschieden nicht zu, da er dort und nur dort sich selbst entfliehen und sich zugleich finden konnte. Welch ein Glück hatte das Leben ihm da beschert! Ihm, dessen Suche nach Glück anderswo nicht von nennenswerten Erfolgen gekrönt war. Dem Zyniker, Agnostiker und Atheisten, der aus ihm wurde, nachdem er die Naturwissenschaften studiert hatte und in dem Lehrerberuf niedergekommen war, der ihn nie wirklich erfüllte, ging das Herz nur im Herzynischen Gebirge auf. Dort allein fand ihn das Glück. Und jedesmal, wenn er sich aus der Ebene an den immer selteneren Schneetagen einer sich – freilich nur auswendig – erwärmenden Welt mit seinem allradgetriebenen Wagen dorthin bewegte und am Horizont die düstere Bergkette auftauchen sah, war es, als wartete das Gebirge auf ihn; als sei es eine Person, hingekauert in eine Welt, in die sie, von der niemand wusste, woher sie kam, und von der niemand – außer ihm vielleicht – ahnte, dass es sie gab, nicht gehörte. In sentimentalem Überschwang summte R. dann, den dunklen Nordwald näherkommen und zugleich ewig fernbleibend fühlend, manchmal vor sich hin: „Und seine Zweige rauschten, als riefen sie mir zu: ‚Komm her zu mir, Geselle, hier findst du Deine Ruh'!' Die kalten Winde bliesen mir grad' in's Angesicht; der Hut flog mir vom Kopfe, ich wendete mich nicht. Nun bin ich manche Stunde entfernt von jenem Ort, und immer hör' ich's rauschen: ‚Du fändest Ruhe dort!'"

Der Wahrheit halber muss erwähnt werden, dass es Strecken seines Lebens gab, in welchen das Rauschen verstummte und die Gravitationskraft des Gebirges nicht auf ihn wirkte. Und diese Strecken waren durchaus nicht die schlechtesten, sondern gute Zeiten. Nicht, dass R. sich in das Leben des Tieflandes oder in jemanden dort unten verliebt hätte. Nicht, dass ihn sein Beruf wirklich erfüllte. Er lebte so dahin, ohne dass ihn jemand – so schien es ihm, der sich nicht wirklich in das Innere anderer Menschen hineinzuversetzen vermochte und letztlich vielleicht auch nicht wünschte, zumindest – dahin begleiten wollte. Und dennoch: dieses Leben beschwerte und befremdete ihn, von den Unbilden abgesehen, die ein Leben zwischen fünfunddreißig und fünfzig Jahren eben mit sich bringt, nicht sonderlich. Mit seinen Kolleginnen und Kollegen kam er, wie man zu sagen pflegt, leidlich aus. Die Schüler, deren Gnadenlosigkeit, wie man weiß, besonders jenen gegenüber, die in ihrem Metier und als Menschen keine gute Figur machen, unerbittlich sein kann, respektierten ihn. Nicht, weil er ein kommunikatives Genie, ein interessanter Zeitgenosse oder ein brillanter Lehrer gewesen wäre, sondern deshalb, weil sie offenbar den Eindruck hatten, als könne sich nichts, auch nicht Gemeinheiten, diesem Fremdkörper in ihrer Welt so nähern, dass es ihn wirklich von seiner Bahn würde abweichen lassen, weshalb derlei Gemeinheiten also gleichsam verlorene Liebesmüh' gewesen wären. R. erschien Schülern und Kollegen als ein unberührbarer erratischer Block und eine rätselhafte Autorität, mit der niemand wirklich reden wollte und in deren Nähe Gespräche verstummten, noch ehe sie recht begonnen hatten. Gelegentlich stellte er sich vor, was sie – die Jungen und die Älteren, die Kinder und die Erwachsenen – sagen würden, falls ihnen dereinst zu Ohren käme, dass er etwa durch ein tragisches Unglück ums Leben gekommen und fortan gänzlich jeglicher menschlichen Nähe entnommen sei. Ihm kamen dann die andere Melodie und der Text des anderen Liedes in den Kopf, das im Laufe der Zeit zu einer Art selbstironischem Lieblingslied für ihn geworden war: „But wasn't he a most peculiar man?"

Um sein achtundvierzigstes Lebensjahr herum wurde die Macht des Gebirges in ihm stärker denn je. Es fing damit an, dass R. seine Freizeit mit nahezu nichts Anderem als mit dem Gedanken verbrachte, wie es ihm gelingen könnte, den Herzynischen Wald zur Gänze zu explorieren und auszuloten. Viel zu selten – so sagte R. sich – war er in den letzten Jahren dort oben gewesen! Viel zu wenig und viel zu schlecht kannte er selbst jene Gegenden des Fichtelgebirges, in welchen er sich am liebsten bewegte! Als er seinem einzigen Freund gegenüber beiläufig erwähnte, er wolle künftig wieder häufiger in seine „Lieblingswanderregion" gehen, wie er es verharmlosend ausdrückte, lachte der nur laut auf: „Aber du kennst das Fichtelgebirge doch wie deine Westentasche! Fahr doch einmal anderswo hin! Die Welt ist so groß. Es gibt überall faszinierendere Gegenden als dieses rauhe Gebirge, in dem du schon so viel herumgekugelt bist, dass du dort ohnehin nichts mehr Neues erleben kannst!" Das machte ihn traurig – zum Einen, weil sein Freund Recht hatte, und zum Anderen, weil es nicht zu ändern war. Er würde nirgendwo anders hin jemals lieber fahren als in seinen Herzynischen Wald. Natürlich kannte er zum Beispiel die Alpen. Aber er hielt es mit Jean Paul und konnte sich selbst und dem Freund gegenüber nur konstatieren: „So sind mir die langen und fernen Fichtelgebirge lieber als die nahen Tyrolerberge bei München; nur jene lassen meine Phantasie über die Berge ziehen und in der Nebelwelt auf ihren Nebelrücken eine neue Morgenwelt erbauen." Und er fügte hinzu: „Du weißt ja: ich bin eben provinziell." Vielleicht sagte er auch noch: „Man muss, um eine Landschaft wirklich zu kennen, sie vielfach durchmessen. Ich pflege es lieber so zu halten, dass ich am selben Ort durch stetes Erkunden dieses Ortes in die Tiefe gehe – in der Hoffnung, dass die Oberfläche der Landschaft irgendwann dünnhäutig wird und ihr Geheimnis offenbart –, als an immer anderen Orten in irgend eine oberflächliche Breite, die mir doch niemals etwas sagen oder geben könnte." Aber wahrscheinlich sagte er das nur zu sich selbst.

Das Gespräch mit dem Freund, der auch deshalb sein Freund war, weil er mit ihm auf eine Weise das Fichtelgebirge durchstreifen konnte, die der Weise entsprach, auf die er mit sich selbst dort unterwegs war, löste einen Grad der Vertiefung des Herzynischen in ihm aus, der ihn anfangs überraschte, später erschütterte und irgendwann um den Verstand zu bringen drohte. Es fing damit an, dass R. sich vornahm, das Fichtelgebirge nicht nur zu durchmessen, sondern zu *ver*messen. Er setzte sich in den Kopf, dereinst sagen zu können, dass er wirklich überall in dieser verhältnismäßig überschaubaren und keineswegs unendlich weiten und ausgedehnten Landschaft gewesen war. Und weder Wind noch Wetter sollten ihn ab sofort davon abhalten, die Hügel des Gebirges geradezu systematisch und von ihrem Fuße aus mit wachsender Höhe in immer kleineren Ringen zu durchstreifen, deren Abstand voneinander etwa, so nahm R. es sich vor, zehn Meter betrug. Man konnte das als Zwangsverhalten bezeichnen oder als den verschrobenen Tick eines Mannes, der sich Monat um Monat mehr in einen Waldschrat zu verwandeln begann und eines ungemütlichen Novembernebelregentages am Nordhang des Schneebergs von einem Waldarbeiter aufgespürt wurde, der den Triefnassen weit abseits aller befestigten Wege fragte, ob er etwas verloren habe und es nun suche. Zu Beginn seiner sich verstärkenden Manie konnte R., so glaubte er zumindest, noch souverän und ohne für Andere wahrnehmbaren Realitätsverlust Rede und Antwort stehen und wie vorbereitet mit gespielter kopfschüttelnder Frustration erwidern, er habe unlängst beim Pilzesammeln hier heroben seine Uhr – ein ihm sehr am Herzen liegendes Geschenk seines Vaters – verloren. Sie sei golden und alt – aus den vierziger Jahren. Und er wäre ihm oder anderen Forstleuten sehr verbunden, wenn sie ihn, so sie die geliebte Uhr fänden, benachrichtigen würden. Er gab dem Waldarbeiter die Nummer seines Mobiltelefons, empfahl sich und nahm seine Vermessung des Gebirges wieder auf.

Wenig später hielt er inne. Was war es, das er suchte? Was hatte er hier verloren? Denn dass R. etwas suchte, war vor niemandem und auch vor ihm selbst nicht zu verbergen. Aber was er suchte, lag im Dunkel.

R. wusste es nicht. Anfangs war sein Hang zu dieser Landschaft ein Hingezogensein, das man als Liebe eines Welt- und Alltagsmüden zu einem archaischen Ort begreifen konnte. Später verwandelte R. sich in eine Art Eremiten, der anderswo nicht mehr sein konnte und den eine fixe Idee zu verfolgen, ja in Besitz zu nehmen begann, die er sich in jenem Augenblick, in dem sich der Novemberregen in der Dämmerung eines Wochentagabends in den ersten Schnee verwandelte, eingestand. „Ja, ich suche etwas." In einem Buch über Sagen aus dem Fichtelgebirge hatte er – zunächst in sich hinein schmunzelnd – von einer Überlieferung gelesen, die ihm, ohne dass er es zunächst merkte, immer mehr ans Herz wuchs und schließlich zur eigenen Überzeugung wurde. Diese Überlieferung vom „Kind im Berge" war in Reimform verfasst. Zwei ihrer Strophen lauteten: „Johannistag um die zwölfte Stund', da tut sich auf der schwarze

Schlund. Johannistag um die zwölfte Stund', da steht wohl auf der Bergesgrund: und wer es wagt und hat den Mut, der findet dort viel reiches Gut. Es spielen am Berge Kinder klein, sie lesen bunte Blümelein. Ein Kind verläuft sich in die Kluft, dieweil die Glocke Zwölfe ruft. Die Kinder spielen in guter Ruh, der Berg, der tut sich wieder zu. Sie rufen, suchen hin und her. Sie finden keinen Eingang mehr." Einmal im Jahr an einem gewissen Tage, welcher der Johannistag sein oder auch nicht sein kann, so die Sage, tut sich das Fichtelgebirge auf und entbirgt seinen Schatz, um sich danach sogleich wieder zu verschließen.

Ein Schatzsucher. Das also war es, was aus ihm geworden war. Aber glaubte er der Sage wirklich? War sie nicht einfach ein archetypischer Mythos ohne wissenschaftlich beschreibbaren Realitätsgehalt – nachvollziehbar zwar, weil ja jeder im Leben schon einmal davon geträumt hat, einen vergrabenen und vergessenen Schatz, eine Truhe voller Goldstücke etwa – vielleicht am Fuße eines Regenbogens oder an einem anderen verwunschenen Ort – zu finden. Aber so nachvollziehbar dieser Traum sein und so sehr er an die tiefsten menschlichen Schichten und Wünsche rühren mochte, er war und blieb doch ein Märchen. Dieses Märchen war es nicht, das ihn hierher trieb. Oder doch? War sein Geist schon so verdüstert, dass er Dinge glaubte, die kein vernünftig denkender Mensch, geschweige denn ein Naturwissenschaftler, glauben konnte? Hatte eine Denkstörung oder ein Dämon – der Dämon des Gebirges – von ihm Besitz ergriffen?

Manche hätten diese Frage umstandslos bejaht. Irgendwann schien es jenen, die ihm tagtäglich begegneten, dass er sonderbar, vielleicht sogar etwas wirr, nicht nur verschroben, sondern im wahrsten Sinne des Wortes verrückt geworden sei. Und auch R.

selbst musste sich gegen einen gewissen Widerstand, den er aber über kurz oder lang aufgab, eingestehen, dass er aus der Alltagswahrnehmung des gesunden Menschenverstandes heraus in eine andere Wahrnehmung und also in eine andere Welt hinein verrückt worden sei. Auch in seinem Unterricht wurde dies sichtbar. Wenn er den Schülern, die im Physiksaal aufgereiht vor ihm saßen und den Gleichungen zu folgen versuchten, welche den Bau der Welt beschrieben, erklärte, was es mit der Natur wirklich auf sich habe, war er doch in Wahrheit ganz woanders und strich in Gedanken längst wieder durch sein Gebirge. R. blickte sowohl durch seine Schüler wie auch durch die von ihm in ungelenker Schrift an die Tafel gekritzelten Formen und Berechnungen hindurch und hinab in eine Bodenlosigkeit, die ihn im Alltag je länger je mehr den Halt verlieren ließ. Mitunter kam es ihn an, als habe er das Gymnasium, seine

Kollegen und seine Schüler noch nie zuvor gesehen. Er rätselte, was es mit den eigenartigen organischen Ausblühungen auf sich haben könnte, die ihn umgaben und umspielten und dabei mitunter merkwürdige Laute von sich gaben, mit welchen sie zu signalisieren schienen, dass sie nicht nur bewusstlose Korallen, sondern intelligente Wesen seien. „Wer bist du?", hörte R., den sie im Jahr zweitausendachtzehn hinter seinem Rücken erstmals den „Alien" zu nennen begannen, sich mehr als einmal zu Schülern sagen, die sich ihm mit einer Frage näherten. Trotz seiner sich immer stärker zerrüttenden Verfassung, die ihn das Unterrichten, ja die gesamte Physik als Farce und als schlechterdings unnatürliche, da die Natur in ihrem tiefsten, ihr Innerstes für ihn einzig im Herzynischen Gebirge nach außen kehrenden Wesen nie und nimmer aufzuschließen vermögende Veranstaltung erscheinen ließ, blieben diese Anwandlungen von Weltfremdheit die Ausnahme. Weil sie zwar häufiger, aber nicht zur Regel wurden, konnte R. weiter seinem Lehrerberuf nachgehen, und so sehr er sich innerlich längst aus der Realität entfernt hatte, in der er lebte und agierte, so sehr akzeptierte diese Realität ihn irgendwann als einen ihr zwar unzugehörigen, aber letztlich harmlosen Fremdkörper, den sie belächelte, tolerierte und in Ruhe ließ – so, wie er ja eben auch sie in Ruhe ließ.

Sein Zustand verschlechterte sich, als sein Vater starb. Eines Nachts hatte den über Neunzigjährigen der Schlag getroffen – hinterrücks und, wie es im Leben zu gehen pflegt, in einem Augenblick, in dem der Vater und R. selbst nicht im Geringsten damit gerechnet hatten. R. besuchte ihn im Krankenhaus an seinem Krankenbett, das, wie er auf den ersten Blick sah, nachdem er durch die Tür getreten war, sein Sterbebett sein würde. Hilflos saß er eine Zeitlang neben dem alten, durch das, was ihn angefallen hatte, noch mehr gealterten Mann, dessen Züge den seinen, wie R. unversehens erkannte, so merkwürdig wenig ähnelten. Sprechen konnte sein Vater offenbar nicht mehr. Ob er bei Bewusstsein war und den Sohn erkannte, ließ sich nicht sagen. Sein Blick war starr und orientierungslos in eine Ferne gerichtet, von der R. gerne gewusst hätte, was er dort sah. Als es dämmerte, begann der Sterbende auf einmal zu sprechen. Zur großen Verstörung des Sohnes gelang es dem Vater, einen – einzigen – Satz zu formen, nachdem er R. mit einer matten Handbewegung angewiesen hatte, näher zu kommen – so nahe, dass R. ihn verstehen und hören konnte, was ihm so seltsam vorkam, dass er sich nahezu sicher war, das Gehörte sei nicht seinem Vater im Augenblick des Todes über die Lippen gekommen, sondern verdanke sich seinem eigenen verhangenen Geist und seiner eigenen, gefährlich blühenden Phantasie. „Es ... war ... ernst gemeint", quälte der Alte, bei dessen trauriger Betrachtung R. inne wurde, wie wenig am Ende von einem Menschen übrig ist, hervor. – Was war ernst gemeint? Zunächst fand R.s Bewusstsein eine rationalisierende Antwort. Der Rat an den Sohn vielleicht, nicht Physik, sondern Philosophie zu studieren, weil das Vermögen des Vaters es hergab, dass der Sohn sich, ehe er den Mechanismen der Realität auf den Grund ging und einen sogenannten Brotberuf erlernte, erst mit den letzten Dingen hinter den Dingen beschäftigte, da es – so der Vater – dem Menschen anstand, den tieferen Sinn des Seins zu explorieren und erst danach an dessen Oberfläche vorzudringen? R. entsann sich genau, dass ihn, den Jugendlichen, dieser Vorschlag des Vaters fast zu Tränen gerührt hatte, da kein vernünftig und pragmatisch denkender und um die Zukunft und um das Auskommen des Sohnes besorgter Vater seinem Sohn einen derartig unvernünftigen Rat gegeben hätte. Gleichwohl lehnte R. ab, da er mit den sogenannten letzten Dingen nichts im Sinn und am Hut hatte. Doch weshalb zitierte der sterbende Vater diesen fernvergangenen Vorschlag am Ende seines Lebens noch einmal herbei? Weil er sich – wie einige wenige Andere ebenso – Sorgen um den weltfremder werdenden Sohn machte, der in seiner Fichtelgebirgsmanie den klaren Verstand zu verlieren schien und ihn vielleicht nicht verlieren würde, wenn er durch philosophisches Nachdenken davor gefeit wäre, infolge des Einbruchs höherer oder tieferer metaphysischer Emotionen aus der Bahn zu geraten? Das Studium der Philosophie – so legte R. sich den letzten Gedanken des Vaters zurecht, welcher offenkundig merkte, dass es mit dem Sohn um so mehr bergab zu gehen begann, je häufiger er bergauf ging – hätte ihn wohl dagegen gewappnet, als Naturwissenschaftler eine Weltbilderschütterung zu erleiden, die der Philosoph möglicherweise hätte verarbeiten können. Das war es also! Der sterbende Vater machte sich wie viele sterbende Väter Sorgen um den Sohn, den er schutzlos im Leben zurücklassen musste. Und er machte sich Vorwürfe, weil er ihn auch noch an die Quelle der Verrücktheit, nämlich in ebenjenes Herzynische Gebirge hinein geführt hatte. „Keine Angst, Vater", murmelte R. ins Ohr des Toten, „es wird alles gut." Wer ihm diese Worte eingab, wusste R., der religiös Unmusikalische und mit dem Sterben des Vaters wie mit dem Leben im Sog einer Macht Überforderte, die er nicht begriff und die ihn zugrunde zu richten drohte, nicht. Was er aber im Zentrum seines Unbewussten, zuunterst aller von ihm vorgeschützten Deutungen und Verharmlosungen des letzten Satzes seines Vaters, längst und zwar bereits in dem Augenblick begriffen hatte, da der Vater ihn aussprach, war dessen wahrer, nicht zu bezweifelnder Sinn: dass es der Vater ernstgemeint hatte, als er dem Kind sagte, es sei deshalb so gerne im Fichtelgebirge, weil es von dorther sei.

Von da an entfaltete sich die Vorstellung, R. müsse dorthin, weil er von dorther sei, auf eine Weise in ihm, die ihn noch stärker als zuvor jeglicher natürlichen Fassung beraubte. Der Einfluss der Macht, deren Wesen er nicht verstand, wuchs, ja überwucherte ihn und machte ein Entrinnen unmöglich. Auf den spätherbstlichen Höhen und in den regendurchseichten und schneeheimgesuchten Wäldern des Fichtelgebirges verstand R., dass dieses Gebirge sein Schicksal war und dass die Tür, die ins Geheimnis dieses Gebirges und seines Lebens führte, die nur für ihn allein bestimmte Tür war – auch, wenn er sie womöglich niemals finden und auch, wenn er womöglich niemals Einlass ins Innerste seines Herzens und ins Innerste dieser seiner Urlandschaft erhalten würde. Und so kam in ihm der Entschluss zur Reife, dass er sich von nun an dem Sog der Herzynischen Berge überlassen und sich dem Wesen, das hufeisenförmig dort jenseits des Tieflandes kauerte, hemmungs- und schutzlos ausliefern würde, koste es ihn auch seine Existenz. Vor längerer Zeit hatte er den Satz gelesen, es gebe in jedem Leben einen Punkt, an dem keine Rückkehr mehr möglich sei, und diesen Punkt gelte es zu erreichen. R. war an diesem Punkt angelangt.

„Sei es, wie es sei, und sei es ein Märchen. Auf einen Versuch kommt es an", sagte sich R., als ihm deutlich wurde, welch beträchtliche Geldsumme sein Vater ihm hinterlassen hatte und dass er, ohne sich finanzielle Sorgen machen zu müssen, sich zumindest für ein Jahr beurlauben lassen konnte, um seiner Leidenschaft, die längst zu einer Besessenheit geworden war, nachzugeben. „Wenn die Sage Recht hat und sich die Pforte des Gebirges alljährlich nur an einzigem Tag öffnet, dann will ich zusehen", so R., „dass ich dem Berg nichts schuldig bleibe und mir nicht irgendwann den Vorwurf machen muss, auf der Suche nach dem Eingang ins Weltinnere etwas versäumt zu haben, was ich mir nicht verzeihen kann."

Und so ging er denn in jenem Jahr täglich hinauf, um sein Gebirge und sich selbst tiefer auszuloten denn je. Wer ihn dort oben zwischen Felsen und Bäumen, zwischen Himmel und Erde beobachtete, war vermutlich geneigt, ihn nicht für einen Wanderer zwischen den Welten, sondern schlicht für einen Einzelgänger zu halten, der dort nichts Anderes fand, was auch alle Anderen, die dort unterwegs waren, fanden: Erholung in einer urtümlichen Landschaft. Doch von Erholung konnte nicht oder nur in einem gewissen Sinn die Rede sein. Denn in seinem Inneren tickte ruhelos eine Art Metronom, der ihn hin und her warf. So sehr nur das Fichtelgebirge dem Getriebenen, der anderswo nicht mehr sein konnte, zur Ruhe und zum Frieden verhalf, so sehr war es doch auch die Ursache und der Motor seiner Getriebenheit.

Mitte Dezember begann es zu schneien – heftiger denn je und vor allem heftiger als in den vergangenen Jahren, in welchen die Erderwärmung selbst die klimatisch der Umgebung entrückte Hochregion oberhalb von neunhundert Metern Meereshöhe so erfasste, dass auch dort der Schnee auszubleiben begann, der das Hohe Fichtelgebirge sonst erwartbar heimzusuchen pflegte. Aber in diesem Jahr machte die sogenannte Kampfregion ihrem martialischen Namen wieder alle Ehre. Die von Wind und Wetter gebeugten Fichten hatten aufs Neue um ihr Überleben zu kämpfen. Und inmitten dieses Kampfes der Natur gegen sich selbst fand noch ein weiterer Kampf statt: im Inneren dessen, den es in den heftigsten von ihm je im Fichtelgebirge erlebten Schneestürmen das Herz vor Freude fast zerriss, wenn er tief vermummt, wärmstens eingepackt und mit zwei Teleskopstöcken um Halt suchend auf Schneeschuhen durch den metertiefen Schnee stapfte, immer wieder einsank, sich immer wieder herausarbeitete und inwendig und auswendig durchnässt dem Gang der Dinge und dem Sog des Gebirges folgte, wohin dieser ihn auch führen mochte. So sehr das Gebirge diesen Einen in dieser Zeit emporhob, so sehr erschütterte es ihn zugleich in den Tiefen seines Selbst, das wie die Fichten auf der exponierten Hochfläche des Gebirges der Schauplatz eines Kampfes war.

Am Ende einer schneereichen und bitterkalten Adventszeit brach schließlich der vierundzwanzigste Dezember an. Wie an jedem Tag des Advents und wie an jedem

Tag vor dem Advent machte sich R. auch am Heiligen Abend dieses Jahres in herzynischer Richtung auf, um sein Glück, seine Vergangenheit, seinen Untergang oder was auch immer sonst zu suchen. Tags zuvor hatte er durch einen Besuch auf den Ämtern der Stadt, in der sein Vater gewohnt hatte, alle nach dem Tod des Vaters erforderlich gewordenen Angelegenheiten abgewickelt und mit allem abgeschlossen, was ihn mit der Weltgegend verband, in die er eines Tages am Ende der sechziger Jahre des zwanzigsten Jahrhunderts geworfen worden war. Die entscheidende, zuvor ungekannte Erkenntnis, die er auf diesen Ämtern gewann, vernichtete ihn nicht, ebensowenig wie sie ihn erhob oder überraschte. Er hatte sie letztlich erwartet, weil sie sich in das Bild fügte, das sich mittlerweile als Selbstbild in ihm verfestigt hatte. „Am fünfzehnten März neunzehnhundertachtundsechzig angenommen an Kindes Statt", las er dort über sich.

Als R. von der Siedlung Meierhof aus gegen den Rücken des Rudolfsteins und von dort in immer tieferem Schnee und immer wilder heulendem Sturm zum Rudolfsattel und über die sogenannte Reitschule zwischen dunklen, eisbeschwerten Fichten zum Schneeberggipfel hinanstieg, war es spätnachmittags. Drunten mussten um diese Zeit die ersten Heiligabendgottesdienste und Christvespern begonnen haben. Aber sein Platz war nicht drunten, obwohl er noch niemals zuvor an einem Heiligen Abend droben im Fichtelgebirge gewesen war. Sein Platz war hier oben in den Schneewehen zwischen den Krüppelfichten und den Granitblöcken. Er mühte sich durch den jagenden Wind in Richtung Schneeberggipfel hinauf. Bald würde er durch die kaum durchdringlichen, wie Nadeln stechenden Flocken die Positionslichter des Turmungetüms sehen können, das

die Bundeswehr im Jahr neunzehnhundert-
dreiundsechzig im militärischen Sperrge-
biet der Gipfelregion errichtet hatte. Davor
waren es die amerikanischen Streitkräfte,
die das Schneebergplateau im ersten Kalten
Krieg zu nachrichtendienstlichen Zwecken
mit Gebäuden und Stahlkonstruktionen für
Parabolspiegel zugebaut hatten. Als R. den
monströsen Schneebergturm, der aus weiter
Ferne einem massigen Gipfelkreuz ähnelte,
als Kind erstmals aus nächster Nähe zwischen den Nebelfetzen herauskommen gesehen hatte, hatte er – R. wusste es noch genau – gemeint, ein gespenstisches Raum-
schiff aus dem leeren weißen Himmel auftauchen und auf der Erde landen zu sehen.
Der riesige runde, oben und unten sich ver-
jüngende, auf halber Höhe sich jedoch
mächtig verbreiternde und wie der Stiel eines Pilzes von einem ebenso runden, an eine fette Schraubenmutter erinnernden Ring
umgebene fahle Koloss aus undefinierba-

rem Material flößte ihm, der sich als Physiker später ja durchaus für die Technik der Abhörapparaturen im Inneren des Turmes hätte interessieren oder gar begeistern können – was er aber hier oben, wo die Physik etwas Anderem wich, nicht tat – kein Unbehagen ein. Auch empfand er die verschandelte Gipfelregion, in der einzig noch das besteigbare hölzerne Türmchen des sogenannten „Backöfele" an die Zeit vor dem Zweiten Weltkrieg erinnerte, anders als viele Andere niemals als hässlich. Vielmehr erschien ihm das weißgraue Ungetüm stets wie ein unnahbares, aber wohlwollendes Wesen aus einer anderen Dimension, das die, welche ihm sich näherten, gelassen duldete und als Wächter nicht nur an der Grenze zum ehemaligen Ostblock, sondern über die ganze Welt erhaben im Sturm der Zeiten stand. Letztlich und eigentlich waren sie Seelenverwandte, der Turm und er. Und daher begrüßte er ihn, den stummen Gefährten, nie ohne das numinose Gefühl eines schweigenden Einverständnisses zwischen ihnen. Heute abend im zürnenden, blindmachenden Wettersturm würde er freilich allenfalls die roten Lichter des Turms, nicht aber diesen selbst sehen. Er würde nur seine Nähe spüren.

Doch nichts dergleichen geschah. Weder sah noch fühlte R. etwas. Und doch konnte der Koloss nicht weit sein. R. war wohl hundertmal hier herauf gestiegen. Dass er den Turm, den Schneeberggipfel und die auf ihm verstreuten Verbauungen verfehlen konnte, war auch in heftigstem Schneetreiben und in hereinbrechender Nacht nicht vorstellbar. Nach einer Stunde schweißtreibenden Ankämpfens gegen die elementare Wucht des Unwetters blieb R. verwundert stehen und sah um sich – ebenso aus sich ins tobende Dunkel heraus wie in seine dunkle, verlorene Seele hinein. Er konnte nicht umhin, es sich einzugestehen: er musste sich verlaufen haben. Wo war er?

Als er dies fragte, drang inmitten des Wütens ein Geräusch an sein Ohr. Eine ferne, kleinlaute Glocke läutete aus dem Tal herauf den Heiligen Abend ein. R. hatte hier oben noch nie zuvor eine Glocke läuten hören. Die nächste Kirche war – zumal in einem Sturm wie diesem – zu weit entfernt, als dass sie sich bis auf den Schneeberg herauf hätte Gehör verschaffen können. Dass er sie dennoch hörte, war für ihn so real, wie es zugleich über seinen Verstand ging.

Eigentlich hatte er, so redete R. sich nachträglich ein, vor, vom Schneeberggipfel aus über den Nusshardt zu gehen, dort in Richtung Röslaquelle kehrtzumachen, den Nordhang des Schneebergs hinab zu steigen und wieder auf seinen Wagen zu zu halten. Das war angesichts seines späten Aufbruchs aber eigentlich schon von vornherein ein ehrgeiziges, nicht hinauszuführendes Unterfangen. Nun aber war es völlig aussichtslos, weil ihn sein Irrgang durch den metertiefen Schnee bereits mindestens eine Stunde gekostet hatte und R. noch immer keine Ahnung hatte, wo er sich befand. Da unter dem Pulverschnee nicht nur Wurzelwerk und querliegende Baumleichen, sondern zwischen den über die schüttere Hochfläche verstreuten Granitblöcken auch Steine und Spalten lauerten, forderte jeder Meter des weglosen Wegs R.s ganze Aufmerksamkeit. Wie leicht konnte er, zumal durch die Stärke des Windes nun auch sein äußeres Gleichgewicht gefährdet war, ins Bodenlose stürzen, das im Vergleich zur Bodenlosigkeit seines derzeitigen Welterlebens zwar nicht von Belang, mit dem aber dennoch nicht zu spaßen war! Wenn R. sich hier – außerhalb jeglicher Handyempfangsmöglichkeit – ein Bein brach und in eine Felsspalte stürzte, würde niemand ihn finden. Oder hatte er genau dies, den sicheren Tod in diesem Gebirge, letztlich provozieren wollen, als er so spät am Nachmittag des Heiligen Abends aufgebrochen war? Spielte ihm sein Gebirge vielleicht gerade heute so übel mit, weil es ihn endgültig und mit aller, aus seinem Inneren nun hervorbrechenden Kraft zu sich zu nehmen gedachte? Oder wehrte es sich gegen irgend etwas? Wer konnte es wissen.

R. hatte schwerer zu atmen begonnen und blickte auf der Suche nach einem Anhaltspunkt, an dem er sich orientieren konnte, in das zerrende, schwärzer werdende schneebige Nichts. Er hätte verzweifelt sein müssen, weil ihm der Ernst seiner aussichtslosen Lage deutlich vor Augen lag. Und er war es auch, aber nur zu einem gewissen Grad; denn ebenso sehr durchströmte ihn das Gefühl einer tiefen Erleichterung, die vielleicht nur die andere Seite der tiefen Erschöpfung eines Menschen war, dessen Ruhelosigkeit ihn an allen Tagen des vergehenden Jahres in dieses

Gebirge geführt hatte, welches unerbittlich an ihm zog, ja riss. Nicht seit ein paar Stunden erst war seine Lage ja aussichtslos. Gleich würde er in den Schnee sinken, und es würde ihm ergehen wie jenen Himalajabergsteigern, von welchen er als Kind gelesen hatte. Der Sauerstoffmangel auf den Gipfeln oberhalb einer Meereshöhe von achttausend Metern, der den Geist jener verwirrte, die keinen künstlichen Sauerstoff bei sich hatten, führte mitunter dazu, dass sie ermattet dort oben sitzen blieben und umgeben von sinistren, oft längst abgestürzten oder verstorbenen Weggefährten, mit welchen sie sich bester Dinge unterhielten, halluzinierend verdämmerten und erfroren. Der Tod durch Erfrieren – das wusste R. – war ein angenehmer, ein schöner Tod – nicht nur dann, wenn er einen auf den höchsten, nahezu sauerstofflosen Höhen dieser Welt ereilte. Aber – Sauerstoffmangel hin oder her – waren die Höhen des

Herzynischen Gebirges etwa nicht seine höchsten Höhen? Wer, so fragte R. sich, würde ihm in der Stunde des Erfrierens erscheinen? Mit wem würde er, als sei es das Selbstverständlichste von der Welt, unbeschwert und heiter plaudern, ehe sein Gebirge ihn zu sich nahm?

Das Glockenläuten war lauter, tiefer und voller geworden, noch deutlicher hörbar als zuvor. Aber das konnte bei diesem Wetter natürlich nicht sein. Inmitten seines aufgewühlten Wühlens durch die ihrerseits wühlende und wütende Landschaft hielt er inne. Was war es, das er da hörte? Verwechselte er sein Herz, das bis zum Hals pochte, ja seinen gesamten Schädel durchpulste, an dessen dröhnende Innenwände es wie ein Klöppel schlug, mit einer Glocke? Begannen sie bereits, die Vorgaukelungen seines schon zuvor und in dieser Lage und in diesem Sturm erst recht und gänzlich mitgenommenen Geistes? Er lauschte und war sich sicher, dass das Pulsieren von außen kam. Zugleich schien es, als schwäche sich das Unwetter ab oder als höre R., welcher der Gewalt des Sturmes doch ungeschützt ausgesetzt war, ihn nurmehr aus einem Innenraum heraus, an den er von außen rüttelte. Fast kam es ihm so vor, als sei er in einen Organismus hineingeraten, der ihn nun so umgab, dass er dessen Herz stärker als jene urvertrauten Elemente pulsieren hörte, die ihm heute schwerer denn je zusetzten. R. vermochte sich offenkundig doch noch nicht vollständig der zersetzenden, zerrüttenden, zerreißenden, erhebenden und beglückenden Macht seines Gebirges zu überlassen. Noch suchte er nach logischen Erklärungen und nach einer Befreiung aus dem Chaos, in das er gerissen worden war. Noch wehrte sich die unversehrte, rational gebliebene Region seines Geistes gegen sein Ende, indem sie ihn sagen ließ: „Das ist alles nur Einbildung! Nimm dich zusammen! Du hast eine Stirnlampe (, wenn sie auch nur die nächste Nähe erhellt). Du hast etwas Proviant und Getränke (, wenn auch kalte). Du wirst eine Höhle zwischen den Granitblöcken finden, in der du eine Weile aufatmen und geschützt vor den Elementen zur Besinnung kommen kannst, ehe du dann, wenn das Toben und Pochen in dir und außerhalb deiner selbst etwas nachgelassen hat, schlicht und einfach hinunter steigst. Nach spätestens zwei oder drei Kilometern wirst du eine Straße finden, und ein Auto auf dem Heimweg von einem Heiligabendgottesdienst wird anhalten und dich mitnehmen. Du wirst außerdem wieder telefonieren können (, wenn der Frost die Akkus deines Handys nicht leergesaugt hat). Du bist nicht verloren. Nur weiter denn! Nur weiter!"

Doch es ging nicht. Er konnte nicht mehr. Seine Kräfte versagten, als sei die Gravitation des Erdballs, auf dem er sich –

planlos und im Kreis, wie er merkte – bewegte, ins Unermessliche angewachsen. R. ließ sich in den Schnee fallen und blieb regungslos, anfangs keuchend, dann ruhiger atmend, ohne dass das Pulsieren in seinem Kopf und das seltsam ferne Heulen der Landschaft aufhörten, dort liegen.

Als er einige Minuten später, die auch Stunden hätten gewesen sein können, noch immer irgendwie bei Sinnen einmal mehr in der Undurchdringlichkeit der Schneenacht umherschaute, fiel unversehens ein Schimmer in seinen linken Augenwinkel. So, wie man manche Sterne nur sieht, wenn man knapp an ihnen vorbeiblickt, wurde R. eines schwachen Lichtes gewahr. Aber wo konnte hier, noch dazu um diese Zeit, ein Licht herkommen? Gab es noch andere verrückte Wanderer, die zu einer Winterreise auf den Schneeberg aufgebrochen waren und dort ihre bizarre Heiligabendromantik pflegten? Oder kam das Licht aus einer der militäri-

schen Flachbauten am Fuß des Schneeberg-
turms, dessen rote Positionsleuchten R. jedoch noch immer nicht sah, so sehr er sich
auch anstrengte und so hoch er auch auf-
blickte? Kein Mensch, so sagte er sich, verbrachte diesen Abend in diesen Bauten, die
– jedenfalls soviel er wusste – nicht mehr so
genutzt wurden, dass dort jemand regel-
mäßig, geschweige denn in einer weih-
nachtlichen Nachtschicht, einer beruflichen
Tätigkeit nachging. Wer also sollte sich wie
er selbst hier herauf verirrt haben? Natürlich konnte man nie wissen. Und wer auch
immer es war – wenn es denn jemand war
und nicht einfach nur jemand versehentlich
in einem verschlossenen, unzugänglichen
Raum ein Licht hatte brennen lassen –, dieser Jemand konnte seine Rettung sein, wenn
R. denn gerettet werden wollte, worüber er
sich durchaus nicht im Klaren war, weshalb
er zunächst unentschlossen und unendlich
müde im Schnee liegenblieb, der ihn weich,

eisig und eisern umschloss.

Am Ende siegte der Eros über den Thanatos. Leben erwies sich auch in R.s Fall als Leben, das leben und nicht sterben will, und er kroch langsam in Richtung des Lichts, das aus einem Gebäude kam, das R. noch nie zuvor gesehen hatte. Eine kleine granitene, schiefergedeckte Hütte mit einer gusseisernen Türe und zwei kleinen Fenstern zur Linken und zur Rechten des Eingangs lag, wie er beim Näherkriechen durch das Flockentreiben hindurch sah, beinahe eingeschneit und von Schneeverwehungen nahezu zugedeckt zwischen zwei gewaltige Felsblöcke geduckt. Wie konnte es sein, dass er von dieser Hütte nichts wusste? Dass er sie auf seinen zahllosen Vermessungsstreifzügen hätte übersehen können, war vollkommen ausgeschlossen. Doch wie auch immer es um diese Hütte und um seine Kenntnis des Gebirges bestellt sein mochte: hier war sie, die Hütte.

Und das Licht kam aus ihr.

R. fasste sich ein Herz und klopfte gegen die eiserne Tür. Erst zaghaft, dann stärker. Als er den Menschen erblickte, der ihm öffnete, wusste er sofort, dass er ihn kannte. R. hatte das schmale, faltenübersäte Gesicht mit den unruhigen, wieselflinken Knopfaugen eines Nagetiers schon einmal gesehen. Aber wann? Und wo? Seine Erinnerung ließ ihn, der sich zeitlebens Gesichter nur sehr schlecht merken konnte, im Stich. Er selbst und sein Geist waren in diesem Augenblick offenbar zu schwach, um biographische Verbindungen gleich welcher flüchtigen Art herzustellen. Den schweren olivgrauen Winterstiefeln und dem ebenso graugrünfarbenen Arbeitsanzug nach, den der Mann trug, musste es sich um einen älteren Förster oder zumindest um einen Menschen handeln, der hier oben auf die Jagd ging. Womöglich war R. ihm an einem der zahllosen Tage, in denen er das Fichtelgebirge durchstreifte, begegnet, hatte einen Gruß oder zwei Sätze mit ihm gewechselt und war dann wie der Andere seiner Wege gegangen. Anders konnte R. sich dieses Déjavu nicht erklären.

„Nicht so stürmisch, mein Lieber! Aber nur immer herein in die gute Stube! Auch unangemeldete Gäste bekommen hier einen Raum in der Herberge und etwas Heißes zu trinken, das die bösen Wettergeister – und nicht nur die! – vertreibt und das Herz erwärmt! Und nicht nur das Herz, Freund der Nacht!" So begrüßte der Graugrüne ihn, um ihn sodann mit seinen Nagetieraugen von Kopf bis Fuß zu mustern. „Ei, ei, ei. Da hätte sich einer beinahe den Tod geholt. Äußerlich und innerlich. Das war knapp. Eine Punktlandung sozusagen. Saubere Arbeit! Aber du bist der Erste nicht. Seit ich denken kann – und ich kann schon sehr, sehr lange denken", sagte er und tippte sich mit dem Zeigefinger an die Schläfe, „verfängt sich gerade am Heiligabend immer einmal wieder einer, der auf die schiefe Bahn geraten ist, im Zwischenreich meines Reviers."

R. wusste nicht, was er sagen sollte. Ihm fiel, da ihm die nächstliegende Frage, wer er, der ihn soeben aus seiner Bergnot und vor dem Erfrieren gerettet hatte, denn war und wie er dazu komme, hier zu sein, nicht in den Sinn kam, nicht viel Anderes ein, als dem Alten, der ihm auf einmal wie ein zu groß und zu menschlich geratener Siebenschläfer vorkam, die so ungelenke wie bedeutungslose Frage zu stellen, was er denn jage in seinem Revier, das ja – so dachte R. seinen Satz zu Ende – eigentlich doch sein, R.s, Revier war. „Solche wie dich", kicherte sein Retter, um sofort abzuwinken. „Nein, ich habe nur einen Witz gemacht. Wirklich, es war ein Scherz! Doch im Ernst, mein Freund und Kupferstecher, du hast Glück gehabt. Ja, ja, ich weiß: was man nicht in Händen hat, kann man nicht halten.

Und es hat dich ganz schön erwischt. Kerl, Kerl! Aber Hut ab: saubere Arbeit! Wirklich wahr! Und jetzt sei getrost! Auf die Bergwacht ist Verlass."

R., der die Bergwachthütte am Schneeberg, die mit der Hütte des Graugrünen nicht das Geringste zu tun hatte, kannte, war der Absurdität des Geredes von der Bergwacht trotz seiner äußeren Verirrung und trotz der Verwirrung in seinem Inneren gerade noch so halbwegs gewahr, ohne sich freilich irgendwelche Illusionen darüber zu machen, dass irgend etwas, das er in jüngster Zeit im Zusammenhang mit dem Fichtelgebirge erlebt hatte, weniger absurd gewesen wäre. Auf diese Absurdität war sein Leben, so schien es, gegründet. So war es. Und er nahm es hin.

„Und zieh vor allem das nasse Zeug aus!", wies ihn sein Retter an. „Hier hast du eine Wolldecke. Hock dich an meinen Kamin! Und trink! Sollst ruhig sein. Ei, ei, ei!

Du bist mir vielleicht ein Christkind! Kerl, Kerl!" Er schüttelte den Kopf und stutzte, als wäre ihm plötzlich etwas eingefallen. „Ach übrigens, mein Findling: fröhliche Weihnachten!" R., mit dem es nun endlich so weit gekommen war, dass er sich über nichts mehr wunderte – worüber hätte er, der seit langem schon aus der Welt und aus ihren Selbstverständlichkeiten Gefallene, sich auch noch wundern sollen?! –, wankte mit zitternden, froststarren Beinen und leerem Kopf hinein in die höhlenartige Behausung des Siebenschläfers, entledigte sich aller Kleider, die er am Leib trug, wickelte sich in die mausgraue Decke und kauerte sich, seinerseits einem Siebenschläfer gleichend, an den Kamin. Er trank, was der Alte ihm eingeschenkt hatte, und wünschte, seliges Vergessen all dessen, was hinter ihm und auf seiner müden Seele lag, ränne zusammen mit dem Gebräu durch seine Kehle. Das Pochen in seinem Kopf oder außer-

halb seines Kopfes – wo immer es herkommen mochte – war nach wie vor da, ja
schwoll sogar noch an. Der Alkohol, der
ihm zu Kopf stieg, trübte seine letztverblie-
benen Sinne und tat im Verein mit der
Wärme des Ofens das Seine, um das Pulsieren in seinem Inneren und im Äußeren um
ihn herum stärker werden zu lassen denn je.
R. ließ es pochen, hatte nicht das geringste
Bedürfnis, den seltsamen Alten irgend etwas Wesentliches oder Unwesentliches zu
fragen oder seinerseits irgend etwas zu reden, konnte seine Rettung, wenn es denn
eine war, nicht so recht fassen und fühlte
mit einem Mal, dass er zu einer Ruhe kam,
in der er sich vielleicht noch niemals befun-
den hatte. Der Siebenschläfer, der – wie R.
erst jetzt sah – ein Wollkäppchen trug, in
das kleine weiße Siebensterne, die Blumen
des Fichtelgebirges, eingestickt waren, mu-
sterte ihn noch immer mit einem neugierig-
verschmitzten, vielleicht sogar gütigen

Blick, der das Einschlafen leicht wie nichts sonst machte und unter dem R., dem ja schon länger war, als schliefe und als träume er, schließlich die Augen zufielen. Am Feuer dieses Ortes, den es eigentlich gar nicht geben durfte, wenn es nach R.s Vermessungen ging, überließ sich R. vollends und gänzlich all dem, was ihm geschah und machte seinen Frieden mit sich und der Natur der Dinge, in die er hineingeraten war. Auf der Grenze, im Niemandsland zwischen Wachen und Schlaf – wobei wie gesagt dahingestellt bleiben muss, wie wach R. in den letzten Stunden, Tagen, Wochen und Monaten wirklich war – hörte er, der Dahindämmernde, den Alten ein Wiegenlied summen und sagen, er möge nur ruhig, tief und fest schlafen, um Kraft zu schöpfen für die nächste große Wanderung. Denn ein Wanderer sei und bleibe R. und müsse daher wandern wie er, ehe es soweit sei und sein Herz eines Tages Ruhe finden könne wie das Herz des graugrünen Siebenschläfers mit der Siebensternmütze.

Danach träumte R. jene wirren Dinge, die einzig ein an Leib und Seele Verwundeter, ein Mühseliger und ein Beladener träumen kann. Nur Fetzen dessen, was ihm träumte, drangen im Augenblick des Träumens an sein schlafendes Bewusstsein. Ein großes Tier, so träumte R., hatte ihn verschluckt. Wie sich dies zutrug und woher dieses Tier kam, wusste er nicht. Aber es ließ sich nicht ändern: R. hatte im Inneren des Tieres, das vielleicht ein gewaltiger Siebenschläfer war, der nur hier oben – wo immer das war – hauste, weiterzuleben und unentwegt das Pochen des großen Herzens des Tieres, das ihn barg und dessen Leib ihn wahrscheinlich niemals wieder freigeben würde, zu hören und zu fühlen. R. war angekommen im Herzen des Herzynischen Gebirges. Am Heiligen Abend hatte ihn gefunden, was er suchte.

In den Vormittagsstunden des ersten Weihnachtstages des Jahres zweitausendachtzehn entdeckte ein Wanderer im Hohen Fichtelgebirge zu seiner großen und unfassbaren Überraschung am Höhenweg zwischen dem Nusshardt und dem Schneeberg zufällig ein wimmerndes, in eine wollene Decke gewickeltes Kind. Es hatte keine Erfrierungen, war wohlauf und lächelte seinen Finder, als es dessen verwundertes Gesicht über sich sah, friedlich an. Der Wanderer trug es durch den Neuschnee des Gebirges hinab und brachte es ins nächstgelegene Krankenhaus.

Wer das Kind war, ließ sich auch durch gründlichste und eingehendste Polizeirecherchen nicht herausbekommen. Noch lange erzählte man sich in den Landkreisen Wunsiedel, Hof, Kulmbach und Bayreuth von der Begebenheit, die so merkwürdig mit jener anderen Begebenheit, dem rätselhaften Verschwinden eines eigenbrötlerischen Kulmbacher Lehrers, zusammentraf, der von einer Heiligabendwanderung auf den Schneeberg nicht zurückkehrte und dessen Leichnam auch Jahre später nicht gefunden werden konnte.

Zeitfracht Medien GmbH
Ferdinand-Jühlke-Straße 7
99095 Erfurt, Deutschland
produktsicherheit@kolibri360.de